FEUILLES D'AUTOMNE

POÉSIES

Par Frédéric DEGEORGE,

ANCIEN JOURNALISTE, EMPLOYÉ A LA GARE DE LAON.

Solus adhuc mecum, qui me tot casibus unus
Duravit patiens ad mala, perstat amor
Musarum. (AULUS SABINUS.)

Il ne me reste plus que l'amour de la poésie,
cet amour profond qui fait supporter tout
et qui m'a soutenu au milieu de tant
d'infortunes.

LAON.

Typographie de ÉD. FLEURY, rue Sérurier, 22.

1859.

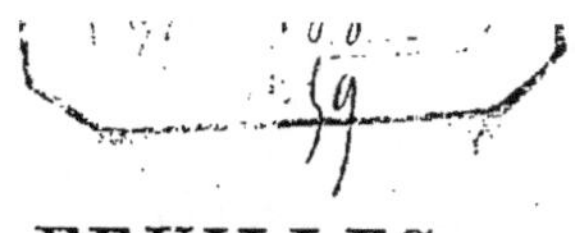

FEUILLES
D'AUTOMNE

POÉSIES

Par Frédéric DEGEORGE,

ANCIEN JOURNALISTE, EMPLOYÉ A LA GARE DE LAON.

Solus adhuc mecum, qui me tot casibus unus
Duravit patiens ad mala, perstat amor
Musarum. (AULUS SABINUS.)

Il ne me reste plus que l'amour de la poésie,
cet amour profond qui fait supporter tout
et qui m'a soutenu au milieu de tant
d'infortunes.

LAON.

Typographie de ÉD. FLEURY, rue Sérurier, 22.

—

1859.

FEUILLES D'AUTOMNE

POÉSIES.

L'EXIL DES LUTINS.

Mère, disait l'enfant, où sont les blanches fées
Qui venaient, chaque nuit, sommeiller près de moi ?
Hélas ! depuis longtemps, leurs ailes parfumées,
Ne couvrent plus mon front, soucieux devant toi.

Où donc se cachent-ils, ces frais lutins des ondes,
Quand la neige, au lointain, couvre le flanc des monts,
Quand l'hiver a glacé les ravines profondes,
Changé leurs lits de mousse en palais de glaçons ?

Je crois les voir encore, aux reflets de la lune,
Tournoyer dans les airs, en poussant mille cris,
Puis fatigués, descendre et s'asseoir sur la dune,
Pour puiser la rosée en ses coupes d'Iris.

Où donc se cachent-ils ?.. Peut-être au fond de l'onde,
Sous des cloches d'azur, dans le creux des rochers,
Auprès du limaçon à la coquille blonde,
Ou sous les noirs récifs, effroi des vieux nochers.

Dans le sein du Vésuve, aux flammes éternelles,
Ils réchauffent peut-être, à son foyer brulant,
Leurs petits corps glacés, leurs âmes immortelles,
Qui pour nous s'exhalaient en un sublime chant.

Hélas!.. ils ne sont plus!.. Emportés par l'orage,
Avec un tourbillon, ils se sont enfuis tous.
Le vent les fait rouler de nuage en nuage...
Mère, dis-moi, qui peut les ramener vers nous?

— Enfant, rassure-toi; l'hiver avec ses glaces
Aura bientôt quitté nos hameaux attristés;
Le printemps, escorté des zéphirs et des grâces,
Doit ramener vers nous nos sylphes adorés.

Ils reviendront bientôt... alors, tout sera joie,
Fol amour, douce ivresse, concerts harmonieux...
— O jour tant désiré, reviens que je les voie,
Dit l'enfant en levant ses yeux noirs vers les cieux.

LA BELLE LAONNOISE.

SOUVENIR DU CŒUR.

> Elle était de ce monde où les plus bolles choses
> Ont le pire destin,
> Et rose elle a vécu ce que vivent les roses,
> L'espace d'un matin.
>
> (MALHERBE.)

Près de la vieille cathédrale,
A genoux, comme une oraison,
Du temple saint, chaste vestale,
Se prosterne une humble maison.

Ses volets verts, son toit d'ardoises,
Brillent, sous les feux du soleil,
Comme un bracelet de turquoises
Qu'illumine un rayon vermeil.

Sur ses murs plus blancs que la neige,
La vigne étend ses mille bras
Que des fourmis la troupe assiège,
Quand vient la saison des lilas.

La capucine au vert feuillage,
Aux fleurs d'un jaune carminé,
Enlace à la vigne sauvage
Son corps flexible et satiné.

L'œil sanglant, la face empourprée,
Caryathides de l'enfer,
Deux sphynx sur la porte d'entrée
Soutiennent un balcon de fer.

. . . .

Dans ce modeste sanctuaire,
Respire un ange de beauté ;
Un bel ange que sur la terre,
Envoya Dieu dans sa bonté.

Son doux nom, hélas ! je l'ignore,
Aux échos je l'ai réclamé !..
Les échos muets sont encore
A soupirer ce nom aimé.

. . . .

Lorsqu'un pâle rayon de lune
Inonde la vieille cité,
Sur le balcon, chaste tribune,
Apparaît la divinité.

Debout, sur cette étroite pierre,
L'œil brillant, le front radieux,
L'ange fait tout bas sa prière,
Encens pur qui va jusqu'aux cieux.

. . . .

Lorsque sa voix mélodieuse
Soupire le doux mot : *Aimer*,
Soudain la troupe radieuse
Des chérubins vient l'adorer.

Et tous émus, saisis d'ivresse,
Le front incliné vers leur sœur,
Semblent lui dire avec tendresse :
Le ciel et Dieu, tout pour ton cœur.

. . . .

Mais qu'importe à la jeune fille,
L'amour d'un ange du ciel bleu ;
Son cœur ne bat sous sa mantille
Que pour sa mère et pour son Dieu.

. . . .

J'ai vu son œil noir qui scintille
Comme une étoile au firmament ,
Et quand elle ôtait sa résille ,
Ses longs cheveux flotter au vent.

J'ai vu son petit pied d'albâtre ,
Si petit que dans une main,
On pourrait le voir se débattre ;
J'ai vu sa gorge de satin.

. . . .

Oui, j'ai vu son œil plein de flammes,
Et par ce regard fasciné,
J'ai senti naître dans mon âme,
Un amour brûlant, effréné.

. . . .

Un soir, il m'en souvient, c'était un soir d'automne;
Le ciel était obscur; le vent du nord soufflait.
Le front paré de fleurs, odorante couronne,
Le corps vêtu de blanc, le bel ange valsait.

Qu'elle était belle ainsi!... sa gorge palpitante
Se parait d'un carmin à la rose emprunté ;
Ses yeux demi-voilés, sa paupière tremblante
Etaient baignés de volupté !

. . . .

Mes regards la suivaient, radieuse et folâtre...
J'ai vu son beau valseur dans ses bras l'enlacer.
Mon cœur battait bien fort. Et la foule idolâtre
S'écriait : Qu'elle est belle ! en la voyant passer.

Quand le bal fut fini, la valseuse divine
Regagna son logis, grelottante de froid.
La hideuse pthysie, en glaçant sa poitrine,
Vint bientôt la marquer, au front, du bout du doigt.

. . . .

L'amour n'est ici bas que mensonge et mystère !
Pour un baiser, l'amour fait couler bien des pleurs.
L'ange n'est plus !.. Son corps repose au cimetière ;
Son âme est dans le ciel.... Moi, je souffre et je meurs.

LA JEUNE FILLE & LES PAPILLONS.

(Fable.)

Dédiée à Mme ***.

Le soleil répandait ses torrents de lumière ,
Sur les champs embaumés d'énivrantes senteurs.
Du zéphir amoureux la brise printanière
Entr'ouvrait doucement le calice des fleurs.

Cachés sous la feuillée et palpitants d'ivresse ,
Mille oiseaux célébraient cet hymne de tendresse
    Qui nous descend des cieux ;
Et les bois et les prés et le ruisseau lui-même ,
Disaient, en soupirant, ce mot chéri : *je t'aime*,
    Qu'on murmure en tous lieux.

La nature éveillée , en ce moment suprême
Saluait l'Eternel, Dieu d'amour, de bonté ,
Qui sur nous tous jeta l'eau sainte du baptême
    De la Fraternité.

Rampant au sein de l'herbe, en ces forêts de mousse
Que, la nuit, la rosée inonde de ses pleurs,
Le peuple des fourmis perdu dans la pelouse ,
Entonne, avec amour, le chant des travailleurs.

Comme un vieux chevalier, un preux du moyen-âge ,
Le corps bardé de fer et le panache au vent ,
Rêvant gloire et combats, ennemis et carnage ,
Le scarabée ému s'arrête à ce doux chant.

. . . .

Dans l'azur lumineux voltigeaient, pleins d'audace,
De légers papillons au corset de satin,
Dont la robe dorée et les ailes de gaze
Brillaient comme un diamant, au soleil du matin.

Soudain, au milieu d'un parterre,
Tenant en main un coupable jouet,
Paraît une jeune bergère,
Un ange, un brillant farfadet!..

Elle était blanche, elle était blonde,
Comme un épi de la moisson;
Œil bleu plus limpide que l'onde
Qu'on voit le matin au buisson.
C'était la rose printanière,
La fleur odorante des bois,
Qui se cache sous la bruyère
Et met tous les cœurs aux abois.

. . . .

Et l'ange, en sautillant, courait dans la prairie,
Poursuivant du regard les plus beaux papillons;
Tous lui plaisaient, tous lui faisaient envie,
Et sa gaze volait de buissons en buissons.

Mais tous prenaient la fuite... En vain la jeune fille,
Sur la pointe du pied, s'avançait lentement,
Retenant son haleine... Au sein de la charmille
Les papillons moqueurs s'envolaient en riant.

L'un d'eux pourtant, plus amoureux sans doute
Du suave parfum qu'exhalait un jasmin
Dont il humait les larmes goutte à goutte,
Fut fait captif par le petit lutin.

« De grâce, disait-il, d'une voix attendrie,
» Jeune fille aux yeux bleus, sœur des blonds séraphins,
» Rends-moi la liberté, le soleil, la prairie,
» Mon épouse et mes fils qui vont être orphelins.

» Dieu sur ton front a jeté mille charmes;
» Comme ces fleurs, tu brilles de beauté;
» Entends mes cris, mes soupirs, vois mes larmes;
» Ange d'amour, sois ange de bonté!...

» Mais... qu'ai-je vu!... dans tes petits doigts brille
» Une lame d'acier qui fait frémir mon corps....
» Je la sens sur mon sein... Adieu soleil, famille,
» Bois, prés et fleurs.... pour jamais je m'endors!...

En murmurant ces mots, l'amant chéri des roses
Expire, en soupirant un dernier mot d'amour.
Mais Dieu qui connaît tout, Dieu qui voit toutes choses,
Reçut son âme aimante au céleste séjour.

Puis sur la jeune fille étendant sa colère,
Il dit : pour toi les pleurs, les regrets, les soupirs.
En vain tu chercheras l'amour sur cette terre;
L'amour doit rester sourd à tes moindres désirs.

Toi qui sus, ici bas, garder un cœur de glace,
Un cœur qui resta froid aux sanglots du malheur,
Tu ne saurais aimer... car l'amour, c'est la grâce,
L'amour, c'est l'innocence et la bonté du cœur.

La morale!.. il en faut, Madame, en toutes choses,
Et je voudrais pouvoir la dire, à vos genoux :
— De nos jardins en fleurs, la plus belle des roses,
N'exhale pas toujours le parfum le plus doux.

LA CLOCHE DU VILLAGE.

Au lever de l'aurore ,
Du bon vieux villageois
Que le sommeil encore
Tient captif sous ses lois ,
Qui dissipe le rêve
Et, montrant l'horizon,
Lui dit, d'une voix brêve :
Debout; à la moisson ?...

C'est la cloche argentine ,
Qui, vibrant dans les airs ,
Dit, de sa voix divine :
Les champs vous sont ouverts.
Enfants, prenez courage
Et Dieu vous bénira ;
Après les jours d'orage ,
Le beau temps reviendra.

Qui , dans la nuit profonde ,
Mêle sa chaste voix ,
Au murmure de l'onde
Fuyant au fond des bois ;
Qui, par les soirs d'orage ,
Invite à l'oraison
Les filles du village ,
Suspendant leur chanson ?

C'est la cloche argentine,
Qui, vibrant dans les airs,
Dit de sa voix divine :
Suspendez vos concerts!
Adorez, en silence,
Par vos cantiques pieux,
Le Dieu de l'innocence,
L'appui des malheureux.

Quand j'entends dans la nue,
Ces sons mystérieux,
Soudain, mon âme émue
S'envole vers les cieux.
A genoux sur la pierre,
Le front penché, je dis
Quelques mots de prière
Que je savais jadis....

Car la cloche fidèle
A murmuré tout bas,
Tout bas à mon oreille :
Enfant, songe au trépas;
Songe à ta bonne mère
Qui sur toi veille aux cieux;
Enfant, fais ta prière
Et tu seras heureux.

L'ENFANT & LES ABEILLES.

(Fable.)

Dédiée à M. T. de Laon.

—

Un enfant blond, aux lèvres roses,
Aux yeux d'azur... un vrai lutin,
Parmi les fleurs à peine écloses
D'un immense et riche jardin,
Courait, agitant dans l'espace
Un long roseau dont il frappait
Arbustes, fleurs, et plein d'audace,
En sautillant, il s'écriait :

Petit papillon volage,
Aux ailes couleur de feu ;
Rossignol dont le ramage
S'élance vers le ciel bleu ;
Guêpe à la taille élancée
Qui, dans la coupe des fleurs,
Prends le miel et la rosée...
Fuyez, petits maraudeurs...
Fuyez, fuyez au plus vite,
Ou, je le sens, ma fureur
Va punir votre conduite,
En vous frappant de ce glaive vengeur...

Et le petit bambin, agitant sa badine,
A tour de bras frappait, frappait de tous côtés.

Adieu lys argentés, lys plus blancs que l'hermine,
Adieu roses, œillets, dalhias veloutés !
Une abeille indignée, en voyant ce ravage,
Dit au petit garçon : Mon jeune conquérant,
Modérez votre ardeur, cessez votre carnage,
Et veuillez m'écouter, je vous prie, un instant.
Que vous ont fait ces fleurs que Dieu, dans sa largesse,
Sème, chaque printemps, au milieu des jardins,
Ces bosquets de lilas où, souvent, la paresse
Vous conduisit dormir, loin des auteurs latins ?
Pourquoi moissonnez-vous cette riche corbeille
De parfums odorants, d'éclatantes couleurs ?
Pourquoi ?... Mais le bambin, interrompant l'abeille :
— Je suis maître, dit-il, du parfum de mes fleurs !
Or, si j'agis ainsi, sachez-le bien, ma belle,
C'est pour vous châtier de vos nombreux larcins.
Le pinson, la fauvette et leur sœur Philomèle
M'étourdissent d'ailleurs avec leurs longs refrains.
Quant au beau papillon, qui fuit lorsqu'on l'approche,
Ayant perdu les fleurs dont l'ombre est son abri,
Il ira demander, au jardin le plus proche,
Des bosquets plus touffus, un Eden plus fleuri...
Vous, abeille au long dard, qui butinez mes roses,
Pour en extraire un miel que je ne puis goûter,
Allez chercher ailleurs, au sein des fleurs écloses,
D'odorantes pistils, un champ à dévaster ;
    Car, ici, je le répète,
    Oui, tout, ici, m'appartient ;
    Et pourtant je vois qu'on tient
A traiter mon parterre en pays de conquête.
— Tout beau ! jeune Attila, dit l'abeille en riant ;
Modérez votre ardeur, il en est temps peut-être,
Car à votre égoïsme, on pourrait à l'instant
Donner si l'on voulait, une leçon de maître.

— Oh ! oh ! dit le bambin, irrité, furieux,
Tu crois m'épouvanter par ta sotte menace ?
Non, non ; car je défie au combat, en ces lieux,
Toi, les plus fiers guerriers de ton infâme race..
Appelle au champ d'honneur tes nombreux bataillons ;
Ce jour sera pour eux le jour de leur ruine...
Je veux, oui, je veux seul, avec cette badine,
Parer les coups mortels de leurs noirs aiguillons...
J'ai dit : Au combat ! — Soit ; au combat ! dit l'abeille.
Embouchant aussitôt la trompette de Mars,
Elle sonne l'attaque ; et soudain ; ô merveille !
Des fleurs et des buissons, des murs, de toutes parts,
Surgit de combattants une troupe serrée ;
L'air en est obscurci. Leur ardente clameur
Fait retentir au loin l'écho de la contrée.
L'enfant épouvanté recule de frayeur.
Contre leurs dards aigus, d'une main incertaine,
Il oppose un hochet, un roseau sans vigueur...
Mais bientôt, éperdu, tremblant et hors d'haleine,
Il tombe... et vers le ciel monte un hourrah vainqueur.

La morale, Monsieur, de cette historiette,
En deux vers, si je puis, je vais vous la donner :
L'enfant, c'est un despote auquel sait tenir tête
Un peuple qui s'unit pour mieux le détrôner.